# REUSACHTIG

# Voor Ally, met reusachtig veel liefde

Oorspronkelijke titel: *Gigantic*
Oorspronkelijke uitgever: HarperCollins Children's Books, een imprint van HarperCollinsPublishers, London
© Tekst en illustraties: Rob Biddulph, 2023
© Vertaling uit het Engels: Joukje Akveld, 2024
© Moon, 2024
Ontwerp omslag en binnenwerk Nederlandse uitgave: Marleen Daamen

isbn 978 90 488 7479 8
isbn 978 90 488 7480 4 (e-boek)
nur 273

www.uitgeverijmoon.nl
www.overamstel.com

Moon is een imprint van Overamstel Uitgevers bv

**OVERAMSTEL**
*uitgevers*

## Vijf dingen die je kunt vinden in dit boek:

☐ Een parel in een oesterschelp
☐ Een klein buitenaards wezen in een onderzeeër
☐ Een piraatbaars
☐ Flessenpost
☐ Een ring met een diamant

# ACHTIG

Geschreven en geïllustreerd door

## RobBiddulph

Vertaald door Joukje Akveld

 moon

In een onstuimig
kolkende
oceaan,

waar donder en bliksem op de golven slaan,

daar, onder het water van een zee wild en machtig,
woont een blauwe vinvis, zijn naam is...

# Reusachtig.

Nu is er één ding dat je even moet weten:
een kleinere walvis is nog nóóit gemeten.

'Ach,' zeggen zijn ouders, 'al is 't niet gewoon,
voor ons is en blijft hij een schat van een zoon.'

'Hé ukkie,' spot Titan. 'Een mini als jij,
is geen echte walvis, je hoort er niet bij!'

'Als oudere broer geef ik één wijze raad:
word vrienden met Moon, die is meer jouw formaat.'

Hij zwemt naar de schildpad:
'Wil jij met me spelen?'

'Natuurlijk,' zegt Moon,
'wat kan omvang mij schelen.'

Dus...

ze springen...

en duiken...

en dansen...

met zwierig gezwaai.

Kleine vrienden, grote lol, in de golven van de baai.

Ondertussen,
hun lijven verstopt
in het zee-algenbos,

zwemt Titan tezamen
met Hulk en Kolos.

'Tss, wat een
kabouters.' Hij loert
door het groen.

'Benieuwd wat die
kleuters hierna
weer gaan doen.'

'Waanzinnig,' zucht Kolos, een lach op haar snoet.
'Zo knap hoe Reusachtig die flikflakken doet!'

'Jouw broertje,' zegt Hulk, 'heeft een heel groot talent!
Zijn zijwaartse schroef, man! Die is ongekend!'

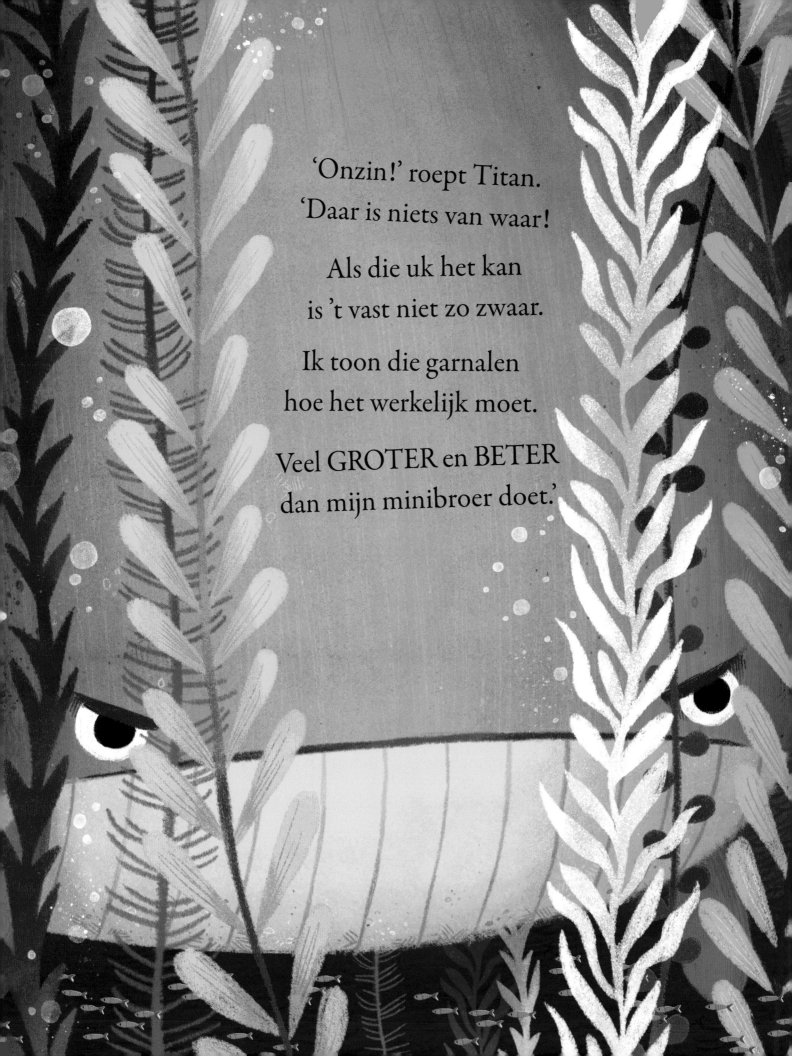

'Onzin!' roept Titan.
'Daar is niets van waar!

Als die uk het kan
is 't vast niet zo zwaar.

Ik toon die garnalen
hoe het werkelijk moet.

Veel GROTER en BETER
dan mijn minibroer doet.'

'Wacht!' zegt Kolos. 'Is dat wel zo'n goed idee?
De baai is ondiep. Zwem wat verder in zee.'

Titan, eigenwijs, luistert niet naar haar raad.
Hij zal laten zien waar zijn grootsheid voor staat.

Reusachtig kijkt op als een schaduw passeert.
Ook zijn 'Kijk uit!' wordt door zijn broer genegeerd.

'Let op!' zegt Titan, en hij grijnst heel gemeen.
Hij draait met zijn staart en...

KAN NERGENS MEER HEEN.

Het is bijna eb en de zee trekt zich terug.
Titan ligt gestrand op zijn walvissenrug.

'Snel vriendjes!' roept Moon.
'HELPEN JULLIE MEE?
Titan moet terug richting open zee.'

Ze komen uit alle hoeken en gaten vandaan.
De ukkies en mini's van de grote oceaan.

Ze graven en schrapen en scheppen en strijden.
Ze doen echt ALLES om Titan te bevrijden.

'NU trekken!' brult Moon. 'Dit is heel erg zwaar werk.'

'Laat mij!' zegt Reusachtig. 'Ik ben klein, maar wel sterk.'

Hij zwemt naar Titan, zijn broers ogen staan bang.
'Geen zorgen, Titan, dit duurt heus niet zo lang.'

Ze sjorren en slepen, zwoegen en zweten,
elk een klein deel van een grotere keten.

Reusachtig trekt met alle kracht die hij heeft.

Ja! Titan is vrij!
Het is net of hij zweeft!

Titan verlaat de baai.
Blij, ongedeerd.

Hij heeft vandaag
wel zijn lesje geleerd.

En daar, met een lach,
is kleine Reusachtig.

'Laat zien broer, die schroef,
je doet het vast prachtig!'

'Reusachtig,' zegt Titan,
'ik deed heel erg stom.
Ontzettend gemeen ook
en bovenal dom.

Blind voor jouw talenten
zie ik nu pas goed,
dat hoe groot iemand is
er echt niet toe doet.

Vanaf nu beloof ik je
nooit meer te pesten.
En een échte broer te zijn,
de ALLERbeste.'

Strakblauwe luchten,
een zon die warm schijnt.

Een zee vol vrienden,
groot, GROTER
en klein.

Onthoud: niet je omvang maakt je uniek of apart.
Het enige wat telt...

... is het formaat van je hart.